내 마음의 행로

내 마음의 행로

초판인쇄일 ㅣ 2013년 6월 17일
초판발행일 ㅣ 2013년 6월 29일

지은이 ㅣ 박효진
펴낸곳 ㅣ 도서출판 황금알
펴낸이 ㅣ 金永馥
주 간 ㅣ 김영탁
편집실장 ㅣ 조경숙
표지디자인 ㅣ 칼라박스
주 소 ㅣ 110-510 서울시 종로구 동숭동 201-14 청기와빌라2차 104호
물류센타(직송 · 반품) ㅣ 100-272 서울시 중구 필동2가 124-6 1F
전 화 ㅣ 02)2275-9171
팩 스 ㅣ 02)2275-9172
이메일 ㅣ tibet21@hanmail.net
홈페이지 ㅣ http://goldegg21.com
출판등록 ㅣ 2003년 03월 26일(제300-2003-230호)

값 10,000원

ISBN 978-89-97318-46-9-03810

내 마음의 행로

박효진 지음

황금알

　지난 2년간 맡아왔던 학회의 회장직을 내려놓던 4월 첫 주말, 봄비를 하염없이 맞고 있는 주차장 각색의 차들을 바라보며, 교수실 컴퓨터에 두서없이 저장해두었던 '내 마음의 행로'란 폴더 안에 파일들을 정리해야겠다는 생각이 불현듯 들었다.

　8년 전 『추억으로의 여행』이란 시집을 낸 이후, 일상을 표현한 글들을 써오면서 일찌감치 책 제목은 '내 마음의 행로'라고 정했다. 이 책은 시와 수필 두 부분으로 나누어져 있는데, 앞부분은 주말마다 느리게 사는 삶의 재미와 필자의 누택(陋宅) 삼인옥에서 계절에 따라 느끼는 작은 행복을 담았고, 함께 하는 가족에 대한 사랑을 서툰 시로 표현하였다. 뒷부분 수필은 학회, 직장생활 또는 주변 일상에서 느끼는 단상을 글로 표현하여, 여러 다양한 매체에 투고한 것들을 정리해보았다.

　환자를 대하는 의사는 냉철한 머리와 따뜻한 가슴을 가져야 하는데, 이 중 냉철한 머리로 질병이라는 '팩트'

를, 따뜻한 가슴으로는 환자의 감춰진 '스토리'를 다루고 이해하는 원천이 될 것이다. 평소 접하는 주변 일상에 대한 느낌을 글로 표현하는 우뇌의 활용은, 질병으로 고통받는 환자의 아픔을 공감하게 되어 의사라는 필자의 직업에도 도움이 되는 것 같다.

추천사를 흔쾌히 맡아주신 홍지헌 원장님과 책의 출간을 떠맡아 준 황금알 출판사 김영탁 사장님과 직원 여러분께도 감사드린다. 앞으로 8년 후 아직 제목도 정하지 않은 3집을 펴낼 때는, 정년을 앞둔 나이가 되어 필자의 졸필이 조금 더 원숙해지길 기대하며, 인생의 여정을 함께 즐기고 있는 영원한 나의 소울 메이트인, 사랑하는 아내 영미에게 이 책을 바친다.

2013년 4월
봄바람에 떨어지는 벚꽃잎을 아쉬워하며 삼인옥에서
박효진

박효진 교수님 문집 '내 마음의 행로' 출간을 축하드리며

홍 지 헌(시인 · 연세이비인후과원장)

박효진 교수님이 『내 마음의 행로』라는 제목의 시집 겸 수필집을 출간하시며 또 축사를 부탁해 오셔서 분에 넘치는 영광을 다시 한 번 누리게 되었습니다. 이번이 두 번째여서 또 다른 감회를 느낍니다.

축사를 준비하기 전에 첫 번째로 축사를 써드렸던 '추억으로의 여행'을 꺼내 첫 장을 열어보니 2006년 6월 17일 박효진 드림이라는 교수님의 친필 서명과 '마지막 승부, 일편단심 김민교'라는 인기가수의 친필 사인이 들어있었습니다. 출판기념회 날 마술도 감상하고, 인기 가수의 열창도 즐겼던 즐거웠던 시간이 떠올랐습니다. 함께 사진촬영을 하셨던 박인서 교수님이 수년 전 정년을 맞으셨고, 이상인 교수님도 올해 정년을 맞으셨으니 우리가 모르는 사이에 세월이 많이 흘러갔습니다.

박효진 교수님의 생활은 그동안 변함없이 학문에 정진하시며, 학회의 책임을 맡아 일을 보시며, 논문을 쓰시는 간간이 틈을 내어 서정적인 글도 쓰시며, 학생들 지도하시는 학장단의 일원으로 봉사하시며, 귀하게 얻은 시간으로 가족 여행도 즐기시는 부러운 생활을 하신 것이 눈에 선합니다. 느린 생활을 즐긴다고 하셨지만 대한민국을 대표할 정도로 바쁜 생활을 하시지 않나 생각합니다. 바꾸어 말하면 바쁜 생활을 하시기 때문에 느린 생활의 참다운 즐거움을 절실히 깨달아 적절히 즐기고 계신 것이 아닌가 짐작됩니다.

『내 마음의 행로』에 실린 시와 수필들을 읽으며 제가 감동을 받고, 반성도 하게 된 것이 있습니다. 박효진 교수님의 글에는 교언영색이 전혀 들어있지 않습니다. 시인들이 흔히 언어를 갈고 닦아 영릉한 시어를 빚어낸다고 합니다마는, 박효진 교수님의 글은 거울 같아서 교수님의 마음과 가족들의 모습이 그대로 비쳐 보입니다. 갈고 닦아야 할 것은 언어보다도 마음과 생활이라는 점을 박교수님이 몸소 보여주셔서 감사하면서도 내심 부끄러운 생각이 들었습니다.

박효진 교수님의 마음의 행로를 따라 평화롭고 행복한 풍경 속으로 다녀온 듯한 느낌을 받았습니다. 교수님의 소박한 소망처럼 다음 문집에서는 머리가 은발로 변한 노부부가 행복한 가족들과 함께 그윽한 미소를 머금고 나타나기를 기다리겠습니다.

차 례

시

수필

八l

春

3월에는

삼인옥 가는 길 도로변 화원 앞마당에
가게 주인이 설레는 마음으로 줄지어 내어놓은
각색의 팬지 화분들이 3월을 알린다.

길모퉁이 목련나무는 어느새 솜털 보송보송한 봉오리
들을 매달고 있고
집 앞 매화나무는 봄비 맞으며 빨갛게 물이 오른 가는
가지를 내며
흐드러지게 꽃 필 4월을 기다린다.

꽃봉오리 잔뜩 머금고 봄맞이하던 산수유는
꽃샘추위에 움추러들고 스스로를 달래며
파란 하늘 한켠에 점점이 노랗게 수놓을 일을 내주로 미
룬다.

겨우내 봄이 오길 기다렸던 삼인옥 집주인은

개천가 영산홍 가지를 휘감았던 마른 잡초 덤불을 걷어
내고,

내달이면 노오란 꽃잎 자랑할 가나리 가지들을 일으
켜 해바라기 시킨다.

벚꽃 有感

언제 매서운 겨울이었나
봄 햇볕 잔뜩 받은 하얀 그녀
파란 하늘에 뭉글뭉글
구름처럼 눈부시다.

한해를 기다리며 맞이한 그녀
4월의 나부끼는 봄바람에도
안타깝게 일주일 만에
그 꽃잎들 하얗게 뿌린다.

흰 눈 내리듯 떨어지는 꽃잎 아쉬워
들숨 깊게 쉬면 그윽한 향기에 취하고
꽃잎으로 수놓은 오솔길을 밟으며
또 한해 그녀를 기다려 본다.

Epilogue

공연이 끝난 무대 뒤 연극배우는
땀으로 범벅된 가발을 벗으며
어떤 심정으로 분장을 지울까.

학창시절에 기말고사가 끝난 후
南行 열차에 몸을 싣고는
공허한 눈동자 차창 너머에 두고서
무슨 생각을 했던가

학회가 마친 후
주차장에 하염없이 봄비를 맞고 있는
색색의 차들을 바라보며
살며시 시동을 켠다.

아빠는 무식쟁이

4월이 오면
호숫가 산책길 양지바른 곳에
드문 드문 피어난 이름모를 야생화
아이가 그 이름 물어보면
아빠는 무식쟁이

4월이 되니
집 정원에 찾아온 각종 산새들
고은 새 소리에 봄을 즐기고만 싶은데
아내가 그 이름 물어오니
아빠는 무식쟁이

할미꽃

어디서 꽃씨가 묻어 왔을까
주인 허락도 없이
담벼락 양지 바른 곳에 자리잡고선

하얀 솜털 둘러 입은 줄기 끝에
땅을 향해 수줍은 듯 고개 숙이고
소담스레 핀

검자주빛 할미꽃

꽃으로 만들 수 있는 보석들

빗물에 젖어 더욱더 진해진 잡석들 사이로
긴 목 뻗치고 하늘 향해 노랗게 핀
민들레 따다가 목걸이를,

잔디 사이 사이로 동그랗게 얼굴 내민
하얀 토끼풀꽃으로는 예쁜 반지를,

첫사랑의 설레임 같은
보랏빛 라일락 꽃잎으로
향기로운 펜던트를,

만들어 드리고 싶습니다.
그대 사랑하는 마음을 담아…

夏

비오는 날, 삼인옥

안개를 하얗게 보듬은 뒷산을 병풍 삼은 삼인옥,
촉촉이 적신 녹색 잔디와 어울린,
단풍나무, 느티나무, 향나무들이 서 있는 익숙한 그림들이
노련한 화가의 풍경화처럼 그려집니다.

키 낮은 빨간 제라늄,
창고 옆 푸른 수국 넓은 잎사귀에 빗물 듬뿍 적시고
꽃분홍 인동초 꽃망울들 빗방울 주렁주렁 매달며
속살 드러낸 모습들은
마음속 수채화로 옮겨집니다.

지붕 벽체를 따라 떨어지는 낙숫물 소리,
거실 창문을 두드리는 빗소리와
바람결에 '싸아-'하고 울려 퍼지는 텃밭 옆
대나무 군무가 합쳐진 합창을
그대와 함께 들어 보고 싶습니다.

그대 있음에

무덥고 지루한 장마철
어둔 밤 홀로 침대에 누워도
외롭지 않으리라
꿈에서 미소 짓는 그대 기다리고 있기에

세상 일 힘들어도
한계에 부딪혀 좌절할지라도
기다려지는 주말 오후
만나면 즐거운 그대 기다리고 있기에

덜컹거리는 남행 열차길
혼돈의 세계에 몸 던져 놓고 가도
늘 행복하리라
보고픈 그대, 그곳에서 날 반기기에.

창 있는 방에서는,

비 온 다음 날에는 구름 한 점 없는 파란 하늘로
어느새 창문은 코발트 빛으로 물들여집니다.

어떤 날은 뭉게구름, 새털구름, 또는 양떼구름의 군무들이
액자 속 그림으로 그려지다가

또 다른 날은 창을 두드리며 찾아오는 가을비에
창문은 어느새 회색빛으로 걸려있습니다.

창문을 살짝 열어 보면,
여기저기서 들리는 차량 소리, 공사장 소리, 그리고
병원을 둘러싼 굴참나무의
가을을 부르는 매미 소리

기계음과 자연의 합창으로

창문은 또 다른 삶의 활력을 엿보는 통로가 됩니다.

한낮에 창문을 채우던 하늘 아래 건 빌딩들은
밤의 날개에 덮이면서

각색의 조명들로 하나 둘 새로이 치장하여,
또 다른 빛과 모습으로
어깨 뒤 창문 속을 슬그머니 차지합니다.

휴가철 신사동 가로수길

8월 초 일요일 늦은 오전,
평소 북적거리던 신사동 가로수길엔
휴가철 텅 빈 도심을 지키는
매미들의 시원한 합창으로 채워집니다.

이국풍의 카페가 즐비한 골목길
가로수 그늘을 징검다리 삼아
한여름 따가운 햇살을 피해 가며
느리게 느리게 걷다가

하얀 비비추 화분을 문앞에 걸어 놓은 화원을 지나
예쁜 모자 가게 들러서는
모델 흉내를 내어 보기도 합니다.

아름드리 줄지어 선 은행나무가
커다란 창에 파랗게 새겨지는

레스토랑 이 층 창가에 자리 잡고

브런치 메뉴를 고르며

휴가 떠나지 못한 도회인의 마음을 달래어 봅니다.

이른 아침의 불청객

이른 아침 단잠을 더 청하고픈 아내의 알람 시계가 된
아파트 방충망에 달라붙은 불청객, 매미의
요란하고 시원한 울음소리

말매미인지, 참매미인지 그 모양새나 보려고
발뒤꿈치 들어 살금살금 다가서면,
인기척을 금세 알아채고
휑하니 날개짓하며 어디론가 날아갑니다.

아파트 건너편 한전 아트센터의 느티나무 검은 가지에
한자리 차지한 매미들의 합창 소리를
창문 활짝 열어 집안으로 들여 놓으니

어릴 적 대신동 집 테라스 건너편 키 큰 상수리나무에서
응접실 하얀 커튼 사이로 들려왔던
그네들의 한여름 오케스트라 연주가 떠오릅니다.

서점에서 만나는 사람들

서점에서 마주치는 사람들은 행복해 보입니다.
방학 숙제를 하기 위해 수련장을 사러 온 초등학생,
딸아이 대입 참고서 사러 따라나온 아버지,
함께 읽을 책을 고르는 연인들의 얼굴은 행복해 보입
니다.

서점에서 만나는 사람들은 선해 보입니다.
몇 달 후 태어날 아이를 위해 육아 서적을 고르는 엄마,
이번 휴가에는 꼭 책을 여러 권 읽으리라 다짐한 직장인,
여름 휴가지의 정보를 구하기 위해
친구와 함께 책을 들척이는 젊은이의 얼굴은 선해 보입
니다.

서점에서 책 읽는 사람들은 아름답습니다.
인터넷 서점의 편리함보다는
서가에서 책을 고르는 과정이 좋아서 서점에 온다는

중년의 아저씨,

　서고 구석에 쭈그리고 앉아 독서 삼매경에 빠진

　여대생의 모습은 아름답습니다.

　서점은 휴식, 문화, 그리고 희망의 장소이기 때문입
니다.

秋

가을 빗소리

젖은 잔디밭에 푸석푸석 떨어지는 시원한 소리,
수국 넓은 잎에 살포시 안기는 소리,
가을 손님 되어 어느새 찾아온,
코스모스 꽃잎을 하늘하늘 간지럽히는 소리,
붉은 단풍잎 사이 사이로 비껴나며 부딪히는 소리…
뒷뜰 영글은 밤송이가 가을비에 툭툭 떨어지는 소리.

사방이 어두워져 긴 밤을 촉촉이 적시는 빗소리에
귀 기울여보면,
실로폰의 서로 다른 음계마냥, 때로는
오케스트라 연주 부럽지 않은 화음으로 다시 살아나는
가을 빗소리,
그리고 詩心…

가을 비 향기

비에 젖은 소나무 송진은 초록빛 싱그러운 향으로
되살아나고,
길 떠난 그대 향기가 그리워지지요.

연보랏빛 들국화향은 비바람에 날려 집 안까지 들어
오고
텃밭 들깨 향내도 계절을 알리며 시나브로 다가오지요.

흙길에 뿌리는 비는 풋풋한 흙내음을 피워 내고,
어둔 밤 창문 열고 그 향기 맡으면,
내 마음의 여로는 고향 집 앞에 다다르지요.

秋想 I

새들도 쉬러 집으로 돌아가는 시간
거실 창문 활짝 열면
방충망 사이로 들리는 찌르르 풀벌레 소리
보랏빛 벌개미취 향내와 어울린
요란한 고향의 소리

가을은 조금씩 조금씩
시나브로 다가오네요.

오십두번째 생일에

파란 하늘에 잘 어울린 코스모스와
속삭이듯 시원한 바람에 흔들리는 억새풀이
가을로 들어서는 길가에 어느새 자리 잡고
조금씩 떨어지기 시작하는 낙엽이 아쉬운 9월의 지난 주말,

이제는 늙어서(?) 줄어든 폐활량으로
케이크의 촛불을 여러 번 불어 꺼야 하는
오십 두 번째 생일임에도

하얀 카드에 빼곡히 적은 축하 메시지를 음미하고,
정성껏 포장한 선물과 리본을 풀어헤치며
열어보는 설레던 마음은
어릴 적 여느 생일 때 느꼈던 행복과 같았습니다.

지금(Present)과 선물(Present)이 왜 같은 단어인지
깨닫게 하는 그런 저녁이었습니다.

그날의 지금은 받은 선물만큼 기쁘고 즐거웠습니다.

단풍잎 책갈피

깊어가는 가을 자락을 붙잡고 싶어,
지나가는 계절에 아쉬운 마음 달래려
서녘 하늘 노을 닮은
붉게 물든 단풍잎 따다
헌 사전 속에 차곡차곡 끼운다.

가끔 두근대는 마음으로
두터운 책 펼쳐보면
수줍은 듯 붉은 잎새로
마음속 책갈피는 이미 만들어지고
어린 시절 향수는 기지개를 켠다.

창 너머 산수유
소담스레 노란 꽃망울 맺힐 때면
단풍잎에 털실 끼워
책갈피 고이 만들어
지난해 추억을 되새기련다.

늦가을 산책길

대문을 열고 집을 나서니,
단풍잎과 낙엽들은 한층 맑아진 집 앞 개울에
두둥실 떠다니며 늦가을을 즐기고 있네요.

주위를 에워싼 병풍 같은 야트막한 산에는
단풍이 은은히 깊어가고,
파란 하늘이 내려온 저수지에는
막바지 가을빛이 물들고
겨울 철새는 벌써 물 좋은 곳을 골라
부지런히 무언가를 찾고 있네요.

오솔길을 수놓은 각색의 낙엽들을 사뿐히 밟으며,
솔방울을 잔뜩 매단 야생 소나무들을 옆구리에 끼고선
가을과 겨울의 길목에서
아직 남은 가을향에 취하며
아쉬운 발걸음을 돌리네요.

冬

눈 오기 직전

눈 오기 직전 뿌연 회색빛 하늘
겨울눈이 귀한 고향의 어릴 적엔 ,
몽실몽실 눈송이 쏟아질 하늘을 기대하며
가슴에 품었던 설레임.

눈 오기 직전 꾸물꾸물한 하늘.
흩날리는 싸락눈이라도
두 팔 벌려 반가워했던
그 시절 동심,
그리고 그리움…

겨울 낙엽

가을 내내 나뭇가지에서 버티다가
도르르 말린 단풍잎들은
차가운 겨울바람에 낙엽 되어
이리저리 몰려다니고
말라버린 얼굴 서로 부비며
마당 한켠에 수북이 쌓인다.

지난 가을 서녘 하늘 노을만큼이나
붉었던 단풍잎들은
색 바래고 오그라들어
낙엽 뒤적이는 겨울바람에
스르릉 스르릉 수군대며
흩어지고 기약 없이 또 헤어진다.

하얀 호수

하얀 융단을 깔아놓은 듯한 삼인옥 앞 호수
모처럼 춥지 않은 날씨가 불러온 자욱한 겨울 안개는
하늘과 산을 하얗게 감싸 안는다.

꽁꽁 얼어붙은 호수 위를 가로지른 촌부의 하얀 발자국들
밟을 때마다 들리는 뽀드득뽀드득 소리는
맑고 하얗던 어릴 적 동심을 두드린다.

수
필

신명 나게끔, 그리고…

한국 사람에게는 기본적으로 '신명'이란 것이 있는 것 같다. 사전을 찾아보니, '신명 나다'는 흥이 나서 매우 좋은 기분과 멋이 나다'라는 뜻이다. 최근 전국 1,200만 관객을 가뿐하게 넘긴 영화 '왕의 남자'에서 광대 장생 으로 분한 감우성이 '신명 나게 한번 놀아보자'라고 걸 쭉하게 외치듯, 같은 일을 하더라도 '신명 나게'하고, 매 사를 긍정적으로 받아들이면, 어떠한 어려운 일들도 쉽 게 풀어나갈 수 있을 것이다.

회진을 돌기 위해 교수실에서 본관(신관)으로 가다 보 면, 2층 사회사업팀 사무실을 지나가게 되는데, 사무실 간판을 보면, 의료직에 입문할 때 누구나 처음에 가지게 되는—지금은 많이 퇴색된—'사랑, 희생, 봉사'란 명제 에 대한 향수(鄕愁)를 느끼게 되고, 사무실 열린 문을 통 해 분주히 일하는 천사 같은 직원들을 보면, 한편으로 대리 만족을 느끼기도 한다. 이분들이 '신명 나게' 일할 수 있도록 하는 방법이 무엇이 있을까 생각해보니, 첫 번째가 '칭찬'이었다. 마침 사회사업 후원회보에 글을 써 달라는 청탁을 받고, 흔쾌히 수락한 것도 그 때문이었다. 이 기회에 수고하는 사회 사업팀에게 박수를 보내고 싶다.

우리나라 병원(대학)들이 진료, 교육, 연구의 세 가지를 놓고 매번 기관별로 비교도 하고, 선택과 집중을 하고 있는데, 우리 병원이 소중하게 지켜나가고 앞으로도 역점을 두고 추진해야 할 분야는 사랑과 박애의 기독교 정신에 바탕을 둔 사회사업과 불우한 이웃에 대한 봉사라고 생각한다. 우리 병원을 찾는 환자들에게 최상의 의료 서비스를 제공하는 것에 최우선을 두어야겠지만, 한 발 더 나아가 우리가 보유하고 있는 인적, 물적 재원을 어려운 이웃들에게 나누어 주는 일에도 힘을 써, 우리 병원이 나눔의 좋은 이미지로 자리 잡았으면 하는 바람이 있다. 이를 위해 우리 모두 물심양면, 사회 사업 후원금 지원도 아끼지 말았으면 한다. 사회 사업팀 식구들이 '신명 나게끔', 그리고 아픈 환우들에게 그 '신명'이 닿아 치유에 도움이 될 수 있도록…

영동세브란스병원 건축사

병원 건축은 일반 건축과는 구분되는 특수 건축의 하나로 일컬어지고 있다. 이 특수성은 의료 체계가 가지고 있는 전문성, 다양성, 복잡성에 기인하는 것으로, 병원 건축은 의료 체계라는 사회적 하부 구조를 건축이라는 물리적 구조로 바꾸는 것이기에 시간의 흐름에 가장 많은 영향을 받는 시설 중 하나이다.

그래서 시대적 상황에 따른 사회 환경, 의료 기술, 그리고 의료 제도의 변화와 같은 사회 전반의 변화에 대응하여 항상 변화를 시도하고 있으며, 이에 병원 건축은 증·개축 또는 내부 개조를 함으로써 그 변화에 직접적 또는 간접적으로 대응하며 발전해 왔다. 영동세브란스병원 또한 시대적 상황에 의해 발생하여 그 흐름에 맞춰 현재 구조적, 물리적 발전을 거듭하고 있다.

1983년 강남구 도곡동 매봉산 품에 '영동 병원'이란 이름으로 자리 잡은 우리 병원은 대지 면적 22,121㎡와 건축 면적 3,683㎡에 지하 2층, 지상 8층, 그리고 병상 수 443병상으로 시작되었다. 이후 1989년 지하 3층, 지상 4층의 신관이 신축되며 532병상으로 늘어났는데, 필자의 전공의 시절, 의국 창 너머로 본관 후면 주차장 자리에 깊고 넓게 판, 검은 심연 같던, 신관의 기초 공사터가 생각난다. 1994년에는 신관을 8층으로 증축하여 총 736 병상이 되었고, 2005년 지하 3층, 지상 9층의 별관(건축면적 10,090㎡)이 개원하여 총면적 83,204 ㎡에 2005년 9월 758병상이 되었으며, 현재 진행 중인 본관 개보수 공사를 마치면, 930여 병상으로 늘어날 전망이다.

개원 당시, 기존의 타병원과는 달리, 본관의 로비 공간을 2층까지 트이게 하고, 천창을 만들어 자연 채광을 받아들임으로써, 병원 주 출입구로 들어서면 넓고 밝은 이미지와 쾌적함을 느끼게 하였다. 또한, 로비에 커피숍과 벤치를 두고 곳곳에 그림을 부착하는 등 대기 공간을 갤러리화하여 환자, 방문객, 직원들에게 마음의 휴식과 친근감을 제공하였다.

2005년에 완공된 별관 또한 2층 높이의 로비 전면을 커튼월 처리 함으로써 넓고 밝은 공간을 연출함은 물론, 1층 중앙에 엘리베이터 홀과 에스컬레이트를 설치하여 이용자에게 편의를 제공하고 있다. 이런 공간의 편의뿐

만이 아니라 전문 센터, 클리닉 시설, 내빈 식당 등의
시설 확충으로 질 높은 서비스를 제공하고 있다.

건물 외장의 재질은 본관은 시멘트로, 백색 위주의
병원 색채를 띠고 있고, 별관은 화강석, 알루미늄 패널,
커튼월로 마감하여 세련되고, 깔끔한 외관을 구성하고
있다. 별관 커튼월에 걸린 건너편 아파트의 그림자를 볼
때마다 아파트의 주민과 병실 환자들 간 '사랑의 보호자
연결하기' 운동이라도 하면 어떨까 생각해본다.

본관과 별관 사이 연결 통로도 도두 유리벽으로 만들
어 내부와 외부의 소통(communication)이란 개념을 마련
하였다. 통로 유리창 너머로 파란 하늘을 채우는 목화솜
같은 하얀 구름과 이를 어깨동무한 매봉산 자락은 지나
갈 때의 짧은 순간이지만, 느슨한 여유를 제공한다.

본관과 별관 앞 녹지 광장에는 방사형으로 회양목을
식재하였고, 조각 작품들을 사면에 배치, 흡사 조각 공
원 같은 느낌이 들게 하였다. 광장 중앙의 등나무 아래
에서 환자, 방문객, 직원들이 나누는 이야기소리는 적막
한 병원에 활력을 불어넣어 준다. 그런 면에서 병원의
광장은 매우 중요한 장소이다.

건축은 그 시대의 거울이며, 어떤 장소에 건축물이

있음으로 파생되는 장소의 의미와 영향은 실로 크고, 복합적이다. 앞으로 약 1년간에 걸쳐 진행될 본관 개보수 공사가 마무리되면, 영동세브란스병원은 병원 건축의 새로운 컨셉을 제시하는, 최첨단 시설의 병원으로 거듭날 것이며, 한강 이남뿐만 아니라 동북아 의료 허브로서의 중추적인 역할을 담당할 것임을 기대해 본다.

의학사료실 이야기

금년으로 개원한 지 25년이 되는 우리 병원은 굵고 진해진 나이테만큼이나 굵어진 나무줄기와 무성한 잎들로, 병마에 지친 환자들이 기대어 쉴 수 있는 시원하고 편안한 나무 그늘의 면적을 점점 넓히고 있다. 필자는 십수 년 전부터 우리 병원 자료의 수집, 정리, 그리고 보관의 필요성을 느껴서, 병원 박물관 혹은 사료실 설립에 관심을 두고, 이를 추진해오다가 2002년에는 설립 계획안을 제출하였다. 2005년 별관 개원 시 어렵사리 별관 1층에 공간을 확보해서, 여러 선후배 교수들과 교직원들의 도움으로 개원 초창기의 여러 소중한 사료들을 기증받아서, 2006년 10월 '의학사료실'이란 이름으로 개설하게 되었다.

지난 1년간은 매월 1회 '의학사료실 이야기' 행사를 개최하며, 점심 식사 후의 커피 브레이크라는 여가의 장소, 혹은 만남의 장소를 제공하고자 했으며, 격월 간격으로 열렸던 강의는 우리 병원과 의학 역사에 대한 교육 뿐만 아니라 과거와 미래를 잇는 소통의 장으로 교직원들과 환자들에게 다가갔었다. 실습을 나오는 학생들에게는, 그네들의 나이와 엇비슷한 병원의 역사를 소개함으로써, 모범 답안이 없는 방문기는 내재하고 있던 그네들의 감성을 일깨워보기도 했었고, 마음속에 영동세브란스병원이 보다 친근한 모습으로 다시 자리매김하길 바라기도 하였다.

뿌리가 깊어야 잎이 무성하다는 말이 있듯이, 나무뿌리부터 가지까지 잘 손질하고 정성스레 다듬어야, 여름에는 무성한 잎을, 가을에는 튼실한 열매도 맺을 것이다. 우리 병원 사료들을 수집, 정리, 그리고 보관하는 것은 우리 병원의 뿌리를 튼튼히 하고, 발전의 밑거름이 될 것을 믿어 의심치 않는다.

끝으로 의학사료실 개소에 많은 격려와 도움을 주셨고, 애장품들을 흔쾌히 기증해주셨던 교직원 여러분께 감사드리며, 사료실 행사에 물심양면 도와주셨던 한독제석 문화재단 관계자 여러분, 그리고 행사와 자료 정리를 맡았던 강경애 씨께도 사의를 표한다.

제주 2박 3일 음식 기행

아이들이 성장한데다가 외국에 유학을 가 있어 가족 여행을 하기가 좀처럼 쉽지 않은데, 지난 8월 초에 모처럼 2박 3일 제주 여행을 다녀왔다. 이번 여행의 주제는 올레길 탐방과 음식 기행이었다.

첫날 늦은 오후, 중문에 여장을 풀고, 선택한 저녁 식사 장소는 '덤장'이란 제주 향토 음식점이다. '덤장'은 사전을 찾아보니, '개펄 육지에서 바다 쪽으로 길그물을 설치하고 그 끝에 4각형의 통그물을 설치해 물고기를 잡는 어로 방법.'이라고 되어 있다. 갈치조림과 고등어구이로 제주 향토 음식을 접해 본다. 첫날부터 회를 먹고 싶으면, 중문 해안 쪽에 '남경 미락'이나 '진미 식당'도 괜찮을 것이다. 남경 미락 2층에서 쪽빛 바다를 붉게 물들이는 석양을 바라보며, 갓 썬 참돔회(요즘은 다금바리는 없다고 한다)에 한라산 소주 한잔 걸치면 어느 누구도 부럽지 않다.

둘째 날, 점심은 자리물회나 한치 물회로 간단히 때운다. 저녁에 오겹살을 먹기로 예정되어 있어 끼니때마다 푸짐하게 먹으면, 낮에 아무리 올레길을 걸어도 체중 조절에 어려움이 많을 것이다. 물회는 토장과 식초로 간을 하고, 미나리를 채 썰어 넣어 여름철 시원하게 먹는 별미이다. 점심을 가볍게 먹고 중문 해안 따라 올레길을 가니, 한여름 땡볕 아래 걷기가 꽤 힘들다. 딸 아이가 몇 년 전 설악산 올라갈 때는 그리 힘들어하더니, 이젠 컸다고 제법 참을 줄도 안다.

저녁 식사장소는 '쉬는 팡 가든'이라는 제주 흑돼지 오겹살집이다. "팡'은 널따란 곳이라는 제주 방언이란다. 손님이 많아 예약도 받지 않아서 6시 전 일찌감치 가니, 주차하기도 수월하다. 아직은 8월이라 알사탕만한 새파란 감들을 주렁주렁 매달고 있는 튼실한 감나무가 있는 정원가에 자리 잡았다. 껍질째로 나오니 오겹살인가 본데, 굵은 소금과 후추로 간을 해서 솥뚜껑판 위에서 구워진 고기맛이 고소하고, 쫄깃쫄깃 맛있다. 식사로 나온 동치미 국수가 시원하다. 대학생인 아들놈은 오겹살 안주 삼아 아버지가 부어주는 소주를 홀짝홀짝 잘도 마신다.

셋째 날, 점심은 오분작(자연산 전복)과 전복 뚝배기로 유명한 서귀포 '진주 식당'을 찾았다. 오분작 뚝배기는 없다고 해서, 전복 뚝배기를 시켰다. 숟가락으로 국물을 들춰보니, 싱싱한 해물들이 가득하다. 얼큰하고 진한 국물맛에 뚝배기 바닥이 보이도록 국물을 떠먹었다. 물컵마다 고춧가루 하나씩 붙여놓은 것이 흠이라고나 할까… 금호 리조트에서 시작한 올레 5코스는 제법 숲길이 있어 어제보다는 좀 수월하다. 길 아래로 내려다보이는 검은 현무암 바위 위로 산산이 부서지는 하얀 파도에 몸을 적시고 싶어진다. 눈부시게 푸르른 제주 바다를 옆에 끼고 1132번 해안도로를 계속 달리면, 멀리 성산 일출봉이 보인다. 마지막 탐방 코스로 용암동굴인 만장굴을 택했다. 적당히 가파른 계단을 딛고 굴 안으로 내려가니, 서늘한 한기가 더위에 지친 여행객을 달랜다. 천장에서 뚝뚝 떨어지는 물방울을 피해 가며 울퉁불퉁한 바닥을 걷는데 왕복 40여 분이 걸린다. 지난 이틀간 땡볕에서 걸었던 올레길에 비하면 어찌나 서늘하던지 다시 바깥으로 나오니 안경알이 하얘진다. 공항에 가기 전 마지막 저녁 식사 메뉴는 부두 근처 '물항식당'. 첫날 '덤장'과 반대 조합인, 고등어조림에 갈치구이다. 아내의 탁월한 선택이다. 싱싱한 고등어조림은 매콤하고, 맛있어서 밥도둑이 따로 없다. 첫날 제주도에 도착해서 한라

봉 한 박스를 샀는데, 먹고 남은 마지막 하나를 디저트로 나눠 먹고 공항으로 향했다.

아이들이 성장해서, 그네들의 인생을 살게 되면서, 점차로 가족 여행의 기회는 줄어든다. 지난 2박 3일간의 제주 여행은 모처럼 함께 했던 여행이었기에, 제주 향토 음식과 올레길 산책은 아이들의 앞으로 인생에서 긴 여운이 되어 진한 추억으로 자리잡기를 기대한다.

피터팬처럼

　초등학생이었던 딸아이에게 '잠자리 날개로 만든 조끼'란 제목의 동화를 지어 준 적이 있다.

　십 년도 지났기에 동화의 자세한 내용은 잘 기억나진 않으나, 옛날 옛날에 하늘을 날고 싶어하는 공주의 소원을 들어주기 위하여 임금님은 공주의 생일 선물로 수천 마리의 잠자리 날개로 만든 조끼를 선물 한다. 공주가 그 조끼를 입었더니, 하늘을 훨훨 날 수 있었다는 내용이었고, 한참을 날다가 쉬려고 내려앉은 웅덩진 곳에 수많은 날개 잃은 잠자리들이 울고 있어 마음씨 착한 공주는 조끼를 벗어 잠자리들에게 날개를 돌려준다는 그런 줄거리였다. 조끼를 입으면 하늘을 난다는 얘기에 동그래졌던 딸아이의 호기심 가득했던 두 눈은 아직도 잊을 수 없다.

　하늘을 나는 환상의 세계를 처음 접한 계기는 어릴 적 읽었던 소설 『피터팬』이었다.

영국의 소설가인 제임스 매튜 배리(James Matthew Barrie)가 만든 소설 속 인물인 피터팬은 하늘을 날며, 자라기를 바라지 않는 장난꾸러기 소년이다.

그는 작은 섬 네버랜드에서 해적들을 상대로 싸우고, 때때로 바깥세상의 어린이들을 만나기도 한다. 어릴 적 피터팬 동화를 읽고, 피터 팬처럼 하늘을 날 수 있다고 생각하면, 무한한 상상의 나래를 펼 수 있었다. 피터팬이 음흉한 후크 선장과 한바탕 싸움을 벌일 때는 어린 두 손에 땀이 고이기도 했었고, 한여름밤에 창문 활짝 열면 방안으로 하얗게 쏟아졌던 별빛 계단을 타고 오는 팅크 벨 같은 요정들과의 만남을 기대하기도 했다.

그 이후 내 마음속 칠판에 지워졌을 지도 모를 피터 팬의 기억은, 피터 팬이 자신의 그림자를 찾으러 왔다가 만나는 웬디의 이름을 딴, 웬디스란 샐러드 바에 갈 때마다 되살아나기도 했다. 90년대 초에는 필자가 유학했던 영국 런던의 하이드 파크를 거닐다, 우연히 마주친 피터 팬의 동상을 보고, 발걸음 멈추고 멍하니 서서 어릴 적 동화 속 주인공과의 조우를 즐겼고, 마치 영화 E.T 속 하늘을 나는 자전거처럼, 혹은 어릴 적 코발트 빛 파란 하늘에 날렸던 각색의 풍선처럼 내 마음은 하늘을 날고 있었다.

나이가 오십 줄인데도 가슴에는 동화 속 상상의 세계를 늘 품고 있어, 가끔은 외투를 벗고, 꿈의 날갯짓을 하며 하늘을 훨훨 날고 싶다.

　어릴 적 만나고 싶어했던 내 친구(?) 피터팬처럼….

형제들과의 소찬 1

1년을 기다리며 맞이한 벗꽃이지만, 1주일 만에 살랑 살랑 흰 눈송이처럼 안타깝게 떨어지는 벗꽃잎으로 수놓은 서래마을 골목 바닥에 주차를 하고, 아내가 주말 아침부터 공들여 만들었던 음식 바구니를 들고 반가운 형제들을 만나러 갔습니다.

집안으로 들어서니, 사방에 잘 생긴 소나무와 바위 사이 사이로 수줍은 듯 얼굴 내민 노란 수선화, 파란 하늘로 에워 싼 테라스는 내부와 외부의 소통(communication)이란 건축의 컨셉에 맞춰 바비큐 파티를 하기엔 최적의 공간이었지요.

주방에서 부쳐나온 고향 내음이 흠씬 풍기는 두터운 해물 파전은 얼굴 안 봐도 인심 좋고 마음씨 넉넉한 주방 할머니(?)가 연상되었지요. 동생 생일이라고 맛있는 홈메이드 생일 케이크 만드는 70세 누나가 대한민국에 몇 있을까요?

멀리 부산에서 당일로 올라온 큰형의 재미있는 사설에 형제들은 시간 가는 줄 몰랐고, 엄청나게 쎄진 자형 주량에 걱정 반, 감탄 반,… 이렇게 4월의 어느 화창한 오후는 앞으로의 형제들 추억 속 한자리를 차지하며 스쳐 지나갔습니다.

풍요는 가지는 것이 아니라, 느끼는 것이란 것을 새삼 알게 된 그런 시간이었습니다.

故 강진경 교수님의 소천 1주기에

　고 강진경 교수님과의 인연은 필자가 영동세브란스병원 인턴을 시작하던 해인, 1985년으로 거슬러 올라간다. 물론 그 이전에도 학교 다닐 때 강의실에서, 혹은 교수님께서 제중학사 담당 교수를 맡으셨기에 기숙사에서, 먼 발굼치로 뵙긴 했지만, 직접적인 만남과 인연의 시작은 1985년부터인 것 같다. 인턴과 레지던트 수련 과정에서 교수님께 많은 가르침을 받았고, 필자의 석사 학위도 교수님께서 지도해주셨으며, 강사 1년을 마치고 주저 없이 영국에 연수를 다녀온 것도 교수님의 권유 덕분이었다.

　교수님은 체구는 작았으나, 당당하셨고 얼굴에 품위가 있었으며, 목소리는 카랑카랑하였고, 흰 머리가 보기 좋았다. 내과 전공의 1년차 중에서 필자가 유일하게 교수님 파트를 두 번 돌았는데, 당시 교수님 입원환자는 50명 내외인데다가 회진은 6시 40분쯤 시작하셔서, 새

벽 5시부터 회진 준비를 해야 했고. 오후에도 회진을 도
서서, 오전에 한 검사 결과들을 챙기는 데에 애를 먹었
던 기억이 난다. 혹시라도 펑크를 냈으면, 자수하고 잘
못을 시인해야지, 얼버무린다든가, 거짓말을 하면 불호
령이 떨어졌고, 그런 것이 몸에 배어서, 지금도 그런 경
우가 생기면, 같은 행동을 하는 나를 발견하곤 한다.

얼마 전 필자가 '대장내시경 미학'이란 수필에서 검사
전 대장 정결을 강조한 적이 있는데. 교수님이 검사하실
때 입원 환자의 대장 전처치가 제대로 되지 않아 변이
장내에 많이 남아 있으면, '의사가 검사 지시(order)만 할
줄 알지, 환자가 검사 전에 제대로 정결액을 마시는지,
확인을 안 했다'고 보조수(?)로 앉아 있다가(당시만 해도
two men method로 전공의가 앉아서 내시경을 넣었다 뺐다 하
였음) 혼이 난 적도 있고, 신우조영술을 찍기로 되어 있
던 설사 환자에게 루틴 오더였던, 캐스터 오일을 먹여
서, 설사 환자가 밤새 설사를 하게 하여 혼이 난 적도
있었다. 즉, 의사란 환자 혹은 병에 따라 지시가 달라야
하고, 환자의 편에 서서 환자의 고통을 이해하고 그것을
덜어주어야 하는데, 아무 생각 없이 루틴 오더를 내는
것을 무척 싫어하셨다. 이러한 교수님의 환자에 대한 세
심한 배려는 필자에게도 좋은 습관이 되었다.

교수님은 와병 중이신데도, 당신 몸을 돌보지 않고, 혼신의 힘을 기울여 우리 의료원의 발전, 특히 세브란스 새 병원 신축에 많은 기여를 하셨다. 돌아가신 후 1주기에 즈음해서 후학들이 교수님을 기리며, 심포지엄을 준비하는 것만 봐도 교수님은 행복하신 분이었다고, 이른 소천의 애석함을 달래 본다. 또한 교수님을 가슴속에 기억하는 후학들로서는 이런 훌륭한 스승을 모셨다는 것이 축복이었다고 생각하며, 다시 한번 삼가 고인의 명복을 빈다.

삼인옥 단상(斷想)

단조롭게 반복되는 일상에서 벗어나기 위해, 혹은 어릴 적 살았던 정원이 딸린 집에 다한 향수로, 필자는 십년 전에 경기도 용인 남쪽 끝자락에 사발을 엎어놓은 듯한 뒷산을 병풍 삼고, 삼인 저수지가 내려다보이는 땅을 사두었는데, 수년 전 거기에 전원주택을 지었다. 집 양쪽으로 완만히 둘러친 야산은 마치 대학시절 방학 때 고향에 돌아오는 막내아들을 반갑게 맞이하는 어머님의 넓게 벌린 두 팔처럼 포근하다.

건축 설계의 컨셉은 내부와 외부의 소통, 그리고 직선과 사선의 만남으로 선과 면을 잘 조합시켰다. 집을 짓고 나서 이름을 지으려고 사전을 찾아보니, 집을 뜻하는 한자가 여러 가지이며, 뜻 또한 다양하였다.

먼저 집 家는, 집이란 뜻 말고도 가족, 문벌이란 뜻이 있어 '연안 김씨 종가'처럼 집 家 앞에 문벌 이름이 들어

간다. 집 堂이란 사원, 집회소 등의 높고 큰 집이란 뜻이 있고, 흙을 높이 쌓아 올린 위에 세운 네모난 건물이란 뜻도 있다. 경북 예천에 '물체당' 비원 내 '연경당' 경북 영천의 '만취당'이 그 예일 것이다. 莊이란, 별장 장, 별저를 뜻하는 것으로서, 강원도 강릉의 선교장, 그리고, 필자에게는 경교장, 이화장 등이 익숙하다. 宅이란 사람이 의지하고 사는 집을 뜻하는데, 글자 모양은 갓머리부와 수를 나타내는 乇을 합친 모양으로, 칠은 '나눌 切'과 비슷해서 방으로 나누어 사람이 살기 좋게 하는 뜻이기도 하다. 충남 예산의 추사 고택, 묵와 고택이 그 예가 되겠다. 樓는 '다락 루'란 의미로서, 다락집, 이층집이란 뜻일 텐데, 높이 지어 적을 정찰하거나, 먼 곳을 바라보는 건물을 망루라고 부른다. 경북 상주에 대산루, 진주 촉석루 등이 유명한데, 우리나라 가옥의 난방 양식이 온돌식이고, 2층은 난방이 되지 않아서 겨울이 유난히 추운 우리나라에는 '樓'가 그다지 발전하지 못한 것 같다. 閣은 다락집 각, 문이 달린 큰 건물이란 뜻으로 안동 인청각이 대표적이다. 집 軒, 혹은 처마 헌이란 한자는 본래, 채가 굽고 앞이 높은 벼슬아치가 타는 수레의 뜻으로, 나중에 집의 처마도 높고 굽었으므로 처마를 가리키게 되었다고 하는데, 강릉 오죽헌이 유명하다. 집 舍는 나그네가 머무는 곳의 뜻에도 쓰여 '여관 사'의 뜻도 있다. 시 「그날이 오면」과 소설 『상록수』의 작가인 심훈 선생의 집인 당진 필경사(筆耕舍)가 생각이 나는데, '붓으로 밭을 간다'라는 뜻이 재미있다. 그 외 객사 館, 집 邸, 정자 亭, 학습장소 혹은 기숙사를 뜻하는 齋 등이 있다.

집 屋은 지붕 옥이란 의미도 있으며, 사람이 이르러 (至) 머물 수 있는 곳으로 '집'을 뜻한다. 시(尸)는 사람이 누워서 쉬고 있는 모양으로, 서울의 빠른 일상에서 주말에 가서 쉬는 용인집은, 라르고의 선율처럼 느리게, 시계의 시분침 멈춰 놓고 편안히 쉬고 갈 수 있는 장소로 매김하고 싶었다. 주위 집들과는 달리 우리집은 제대로 된 지붕을 이고 있어, 집이름 뒤에 屋을 붙이는 데는 무리가 없었다. 옛날에 어진 사람 세 사람이 처음으로 이곳에 마을을 이루어 살았다고 해서 三仁이란 지명이 있어 三仁屋이라 옥호를 짓게 되었다.

테라스 가운데 심어 놓은 호랑가시(호랑이발톱) 나무 낙엽들이, 바닥에다 뿌려놓은 검은 콩자갈 사이에서 얼기와 녹기를 반복한 지 만 3년이 되어 간다. 그동안 틈나는대로, 앞뜰에는 느티나무, 단풍나무, 모과나무, 향나무, 꽃사과, 목련, 라일락, 그리고 회화나무 등을 심어 놓았고, 나뭇 가지들 사이로 해와 달이 걸릴 만큼 서로 키재기도 한다. 집 뒤에는 대나무를 심어 바람이 불 때마다 '싸아'하고 소리를 털어 낸다.

주말에는 사랑하는 가족과 삼인옥에서 시간을 정지시키며 쉬어보기도 하고, 날씨 좋은 계절이 오면, 가까운 지인들을 초대하여 술잔을 기울이기도 한다. 삼인옥은 바쁘고, 여유 없는 삶으로부터 내일을 위한 재충전의 공간으로, 여러 벗들과 공유하는 공간으로 자리 잡길 바란다. 내년 초여름에는 Cafe Minerva에서 '여름밤의 작은 음악회'나 '음악이 흐르는 시낭송회'라도 개최하고 싶다.

형제들과의 소찬 2

가을 초입 해 질 녘 단골이 아니면 스쳐 지나갈 서래 마을 골목길 담모퉁이에 아름드리 소나무로 에워싼 레스토랑 Arte, 돌계단을 밟고 안으로 들어서니, Cozy한 내부 통로 안쪽 끝에는 다시 골목길이 내려다보이는, 한 면이 유리창으로 된 방이 있어 반가운 가족형제들이 모여 낭만적인 생일 파티하기에는 제격이었지요.

피자와 파스타, 리조또 등 맛있는 음식, 와인, 그리고 세 명이 함께 촛불을 끈 생일 케이크로 디저트를 먹고 나니 창 너머 골목길에는 이미 밤의 날개로 어둠이 덮여 바깥 정원등과 장식등은 주위를 밝히고 있었지요.

여행이 즐거운 이유가 돌아갈 집이 있어서라는 것처럼 가족은 험한 인생 여정에 돌아갈 집 같은, 중요한 존재임을 느끼게 됩니다.

한국가구박물관에 다녀와서

　들으면 들을수록 새로운 맛이 나고, 안이 깊어 닿는 데가 없는 바흐의 음악처럼, 지난 주말 다녀온 한국가구 박물관은 생각할수록 그곳에서 느꼈던 감흥이 되살아나고, 그 느낌을 제대로 글로 표현할 수 있을까 부담스럽기도 하다. 몹시도 추웠던 겨울 주말 오후, 네비게이션이 없으면 찾아가지도 못할 성북동 고갯길을 구불구불 돌아, 널찍한 주차장에 주차를 한다. 목조 대문에 들어서서, 차가운 공기에 하얀 입김을 내뿜으며 "이리 오너라~!"라고 외치기도 전에, 어느새 큐레이터가 반갑게 맞이한다. 대기실 겸 다실로 사용하는 궁채에서 투어는 시작된다. 앞마당에 흰 눈 덮인 흙들이 얼기와 녹기를 거듭한 14년 동안 수많은 기둥과 기와를 옮겨와 한옥 열채를 재건축하면서 흘렸던 집주인의 땀과 노력에 절로 고개가 숙여진다.

　안방, 사랑방은 서서 지나가며 스치는 곳이 아닌지

라, 앉아서 눈높이를 맞추고, 창가에 들어앉은 문갑에 팔을 기대어 바깥을 내다본다. 창문을 열면, 남산 언덕의 완만한 능선이 맑은 하늘을 가로지르며, 평온한 느낌으로 가득 들어온다. 그 느낌은 탐낮으로, 계절에 따라 달라질 것을 생각하니, 설계자의 세심한 배려가 경외롭기만 하다.

청산유수 설명도 잘하는, 착하게 생긴 큐레이터를 따라 내이와도 같은 복잡하고 좁은 통로를 따라가니, 방하나하나 의미가 있고 새롭다. 출구는 새로운 세계로 통하는 입구인 것처럼, 낯선 손님을 기다리고 있는 함, 장, 농, 반닫이, 서안, 소반, 약장, 그리고 뒤주 등 500여 점의 다양한 종류의 가구들을 만나니, 다음 코너를 향한 통로를 지나는 짧은 순간에도 기대감과 호기심이 생긴다.

유리창에 갇힌 가구가 아니라. 제 위치에 자리 잡은 가구들은, 먹감나무, 단풍나무, 오동나무, 그리고 소나무 등 각종의 재질에 따라, 세월의 때를 입고, 오랜 세월에 걸쳐 형성된 나이테 무늬로 영원한 존재감으로 다가선다. 중국이나 서양 가구처럼 화려하거나, 자극적이지 않고, 문양의 절제된 아름다움과 함께 편안함과 안정

감을 준다. 가구의 직선은 딱딱하지도 않고, 나비 모양 경첩의 곡선은 가볍지도 않다.

옛글에 '알기만 하는 사람은 좋아하는 사람만 못하고, 좋아하기만 하는 사람은 즐기는 사람만 못하다'란 말이 있듯, 다양한 가구들을 만나는 즐거움을 주신 여러분께 감사드리며, 우리 옛 가구는 아직 살아있고, 숨 쉬는 생명체라고 감히 말하고 싶다.

창의적 연구를 위한 세븐 포인트 레슨

　필자가 지난 이십 년 전부터 창의적인 주제로 연구들을 수행해오면서 터득한 경험을 후학들을 위하여 정리해봐야겠다는 생각을 하게 되었습니다. 근자에 들어 사회 전반의 화두가 되고 있는 '창의'를 'think different'란 애플사의 슬로건으로 정의해보고 싶습니다. 예를 들어 제임스 카메론 감독의 '아바타'란 영화를 다른 그룹에서 만들지 못했던 것은 기술이 부족해서가 아니라, 창의력이 부족해서라는 주장에 공감이 갑니다. 창의성 있는(혹은 창의적인) 사례로는, 나탈리 포트먼 주연의 '블랙 스완'이란　영화도 있습니다. 이 영화는 발레와 스릴러를 창의적으로 접목한 것으로, '백조의 호수'의 프리 마돈나는 백조와 흑조를 동시에 소화하는 고난도의 연기를 해야 하는데, 이에 따른 심리적 부담과 경쟁자들에 대한 시기와 질투 등을 잘 묘사하여 청중들을 스릴러의 세계로 빠져들게 합니다. 다른 예는 베스킨라빈스, 데어리 퀸 등이 차지하고 있던 아이스크림 시장에 도전장을 낸 '콜드 스톤' 아이스크림인데, 창의적인 아이디어로 고객 앞에서 아이스크림을 반죽하는 실연을 보여줌으로써, 고객들로 하여금 색다른 느낌을 주어 대박을 터트리게 됩니다.

'창의적 혁신'이란 '고객의 마음을 열기 위해 기술을 지혜롭게 사용하는 것'으로 정의하듯, '창의적인 연구'란 기존의 연구 결과와는 다른 견해와 시각으로 새로운 가설을 설정하고, 기존의 연구 방법을 이용하여 연구 디자인을 새롭게 짜는 것으로 정의하고자 합니다.

지금부터는, 창의적인 연구를 하기 위한 7가지 포인트로는 첫째 사고의 유연성, 둘째 도전의식과 상상력과 셋째 팀 어프로치/팀 워크, 넷째 열정, 다섯째 국내외의 선도적인 연구 동향 파악, 여섯째 멘토,연구자들과의 대화와 토론, 그리고 마지막 일곱 번째로 연구의 집중화를 들 수 있겠습니다.

첫째, 사고의 유연성을 높이기 위해서는, 다양한 배경과 경험을 가진 사람과의 만남의 기회를 가능한 한 자주 가져야 하며, 여행, 전시회, 공연 관람 등을 통한 다양한 문화를 접하도록 해야 할 것입니다. 또한 다른 사람의 생각과 가치관을 배려하고 존중해야 합니다. 사고의 유연성이 있어야 발상의 전환을 하게 되며, 이어 창의적인 생각('think different')에 이르게 될 것입니다.

둘째, 새로운 꿈을 꾸는 상상력과 이를 이루려는 도전의식을 가져야 할 것입니다. 몇 가지 예를 들면, 먼저 마틴 루서 킹 목사의 'I have a dream'으로 시작하는 유명한 연설문에는, 자유와 평화를 위하고 흑백 차별 없는 세상을 만들기 위해 함께 나아가자는 꿈이 있었습니다. 그리고 세계를 놀라게 했던 두바이의 기적도 세이크 모하메드란 지도자의 꿈과 이상이 있었기에 가능했다고 합니다. 모든 사람이 컴퓨터를 쉽게 사용할 수 있도록 하겠다는 스티브 잡스의 꿈, 가까운 예로는 평창 동계올림픽을 개최하고자 했던 '평창의 꿈'도 있지 않습니까! 따라서 연구자들은 자기 스스로의 꿈(미션과 비전)을 설정하고, 이를 달성하기 위한 노력을 기울여야 할 것입니다.

셋째, 팀어프로치/팀 워크가 중요합니다. 한국 영화 중 일천만 관객을 돌파한 영화들의 공통점은 무엇일까요? '괴물' '해운대' '실미도' 등은 주인공이 한두 명이 아니며, 여러 명의 주인공들이 등장합니다. 즉, 여러 명의 배우들과 스텝들이 호흡을 잘 맞추어야, 완성도 있는 영화가 제작되는 것입니다. 또 다른 예로, 연예인 중 입담 좋기로 유명한 박중훈을 토크쇼의 단독 MC로 내세웠던 박중훈 쑈는 조기에 프로를 내렸지만, 팀 어프로치의 좋은 예인, 여러 명의 MC가 나오는 김승우의 '승승장구'는, MC 중 그렇게 특출하게 말 잘하는 사람도 없지만, 이들의 다양한 시각으로, 시청자와 방청자들의 다양한 의견을 수렴 혹은 대변하여, 승승장구하고 있습니다. 최근에는, 올림픽 개최 준비위원회의 탄탄한 팀워크로 '평창의 꿈'이 실현되었다는 언론 보도를 본 적도 있습니다. 과(그룹)내 혹은 과(그룹) 간 팀어프로치, 즉 소통, 상호 협력과 조화에 의하여 최적의 진료와 최상의 연구가 탄생하게 됩니다. 임상 연구도 다기관 연구를 하면, 연구의 질이 올라가는 것을 쉽게 경험하게 됩니다.

넷째, "열정이 없으면 에너지도 없고, 에너지가 없으면 그 어떤 것도 창조할 수 없다."란 도널드 트럼프의 말처럼, 열정은 창의성과 에너지의 원천입니다. 여러분은 어느 인터넷 매체에서 공개한 박지성 선수와 발레리나 강수진 씨의 상처 나고, 거친 발을 기억할 것입니다. 발이 그 모양이 되도록 노력과 열정으로 각자가 속한 분야의 최고가 되었습니다. 그런데 오랜 기간을 거치다 보면, 전공 분야에 대한 열정은 식을 수 있기에, 틈틈이

기분전환과 휴식을 취해야 할 것입니다. 연구는 단기간 의 성과를 내는 것 보다는 집중적인 연구를 장기간에 하 는, 즉 장거리 마라톤과 유사하다고 생각됩니다. 첫 번 째 포인트에서 거론했듯이, 주말에는 다양한 문화를 접 하고, 운동, 여행, 공연 관람 등을 통하여 사고의 유연 성도 높이고, 에너지를 재충전해야 할 것입니다.

다섯째, 국내외 선도적인 연구 동향을 파악해야 합니 다. 국내외 학회에 자신의 연구 결과를 발표하고, 참석 한 과학자들과 만남을 통하여 네트워킹하여야 합니다. 자연스럽게, 앞으로 여러분 연구의 우선순위와 연구 방 향을 잡을 수 있게 됩니다. 북미 아이스하키 리그의 득 점왕에 여러 번 올랐던 웨인 그레츠키 선수에게 득점왕 의 비결을 묻는 인터뷰에서 그는 "퍽(pug)이 있는 방향으 로 뛰어가지 않았고, 퍽이 갈 방향으로 뛰어갔다."란 유 명한 말을 남겼습니다. 즉, 다른 연구자들의 논문을 읽 을 때 또는, 학회장에서 연구 발표를 들을 때에도, 이 연 구를 통해, 연구자들은 어떠한 후속 연구를 계획할까 하 는 생각을 해야 선도 연구를 따라잡을 수 있습니다.

여섯째, 멘토/연구자들과의 대화와 토론입니다. 토론 은 타인으로부터 유용한 암시를 받을 수 있고, 고정된 사고습관에서 탈피할 수 있으며, 잘못의 발견에 유익한 방법이 됩니다. 창의적인 아이디어는 여러 사람의 지식과 아이디어를 함께 모을 때 생겨납니다. 영화 터미네이터 1편에서, 당시 영화 제작비가 적어서, 그 비용을 절감하고자 최소한의 프레임을 사용해서 촬영하다보니, 터미네이터의 동작이 끊겨 자연스럽지 못하였다고 합니다. 이때 팀 미팅을 하고 토론을 통하여, 트럭이 폭발하여 다리가 부러지는 부상을 입는다는 설정을 추가하게 되고, 다리가 절뚝거려 오히려 더한 긴박감을 조성하게 되었다고 합니다. 연구자들은 정기적인 팀 미팅을 통하여, 현재 수행 중인 연구 과제에 대한 충분한 토론과 대화의 시간을 가져야 할 것입니다.

일곱째, 연구의 집중화는 새로운 연구를 파생하게 됩니다. 가을에 고구마를 캐다 보면, 흙 속에서 고구마를 줄줄이 캐는 경험을 하게 됩니다. 즉, 한 주제를 선정해서 지속적인 연구를 하면, 그 결과에 대한 해석을 하고자 창의적인 아이디어가 도출되고, 새로운 가설 설정을 할 수 있습니다. 또한 '기회는 준비된 자를 선호한다'란 루이 파스퇴르 박사의 말처럼, 연구를 집중해서 하다 보면, 예측하지 못했던 새로운 결과를 도출하는 행운을 잡게 되기도 합니다.

결론적으로, 앞에서 거론한 일곱 가지 포인트들을 잘 터득해서, 다양한 경험과 지식을 갖춘 연구자, 유연하고 창의적인 사고를 할 수 있는 연구자, 그리고 꿈과 열정을 지닌 연구자가 되길 바랍니다.

영화 '머니 볼'을 보고, '만약 고교야구 여자 매니저가 피터 드러커를 읽는다면'을 읽고.

지난해 연말, 학회 송년회 행사로 브래드 피트 주연의 '머니 볼'이란 영화를 단체 관람했다. 미국 메이저 리그 야구의 만년 꼴찌팀 오클랜드 애슬레틱스란 팀에 새로 부임한 단장 빌리 빈이 선수들의 명성이나 연봉보다는 팀에 필요한 인재를 발탁하고, 데이터에 근거하여 적재적소에 선수를 기용함으로써 메이저 리그 최초의 20연승과 플레이오프 진출이라는 성공 신화를 창출하게 된다는 것이다.

연초에 건양대 허규찬 교수한테서 '만약 고교야구 여자 매니저가…'란 책 선물을 받았는데, 책 표지에는 만화 그림이 그려져 있고, 단순 소설책인가 하였는데, 이 책은 소설 형식에 '매니저먼트'를 주제로 한 일종의 자기개발서를 접목한 형태의 책이었다. 지난 20년간 일본

고시엔 대회 16강 진출이 최고 성적이었던 호도고 야구부가 '미나미'라는 여주인공이 매니저를 맡고 나서, 피터 드러커의 '매니저먼트'를 바탕으로 팀의 체질 개선을 함으로써 고시엔 야구 우승을 하게 된다는 내용인데, 새로운 리더가 시스템을 개선함으로써 최고의 성적을 올렸다는 점에서 영화 '머니 볼'과 공통점이 있었다.

여자 매니저 미나미가 한 일은 크게 세 가지로 정리할 수 있는데, 첫째, 미나미는 매니저의 중요한 자질은 '진지함'이라고 이해하고, 친구 유키는 야구부원들과 한 명씩 대화를 하며 그들의 현실, 욕구, 가치를 끄집어내어 그들을 이해하고 소통했다. 인간적인 교류를 활성화하기 위해 권위와 위계 질서 대신에 겸손과 소통이 중요하며, 소통을 위해선 상대방을 존중하고 인정하는 마음이 선행되어야 한다. 또한, 사심 없이 기관의 발전을 위한다는 '진정성'이 중요하겠다.

둘째는 '조직에 대한 정의'였다. 즉, 팀이 무엇을 해야 하나 하는 것이었는데, 첫째, 고객들에게 감동을 주며, 둘째, 고시엔 대회에 나간다는 목표를 세우게 된다. 이는 기업, 학회 혹은 대학기관 등에서 미션과 비전을 정하는 것과 일맥상통한다. 기업에서 직원들 사이에 보다

큰 꿈이나 신념을 공유하면, 단결할 수 있고 창의적인 업무 수행을 할 수 있듯이 학회도 그럴 것으로 생각하고, 필자도 학회 회장에 취임하면서 먼저 한 일은 학회의 미션과 비전을 만드는 것이었다.

조직의 목적은 구성원의 장점을 생산으로 연결하고, 약점을 중화하는 것인데, 머니 볼의 빌리 빈 단장은 스피드와 수비를 강조하며, 선수들에게 자신감을 불어넣어 주는 리더십을 발휘한다. 미나미도 '노 번트 노 볼 작전'을 야구부의 전략 지침으로 정하여, 공격할 때는 적극적으로 타격하고, 수비할 때도 투수가 타자를 피해 가지 않고 정면 승부를 걸도록 자신감을 불어넣는다. 대학이나 병원에서도 구성원들이 전공하는 분야에 자신있게 소속 기관에 자부심을 느낄 수 있도록, 구호를 넘어서 실질적인 의미를 갖는 비전을 제시해야 할 것이다.

셋째, 미나미는 실전에 강해지려면 연습에 충실해야한다고 판단하여 연습을 흥미롭게 만든다. 논어에서도 '아는 사람은 좋아하는 사람에 못 미치고, 좋아하는 사람은 즐기는 사람에 못 미친다'라고 하지 않았던가! 연구를 즐기려면, 연구에 대한 개개인의 미션과 비전, 즉 꿈이 있어야 가능하리라 생각된다. 기관에서도 구성원들이 재미있고 즐겁게 근무하도록 환경 개선을 해야 할 것이며, 이를 위해선 구성원들에 대한 교육보다는 '소통'에 주안점을 두어야 할 것이다.

또한, 연습 경기때에 여러 소그룹으로 나눠서 미니게임을 하여 경쟁심을 유발하게 하고, 또한 공격, 주루, 그리고 수비담당을 정해서 분야별 데이터를 분석, 피드백함으로써, 각 분야에서 책임감을 느끼게 하였다. 대학이나 병원 기관에서도 선의의 경쟁을 유도하기 위한 여러 제도적 장치가 있어야 할 것이다.

결론적으로 야구팀뿐만 아니라 기관의 매니저는 미션과 비전을 정해서 이를 실천하며, 자기가 속한 조직의 발전을 위한 진정성을 갖고, 구성원들과 소통하며, 이들로 하여금 즐기면서 일을 하도록 시스템 개선을 해야 할 것이다.

뮤지컬 '위키드', '방자전', 그리고 Think different

스티브 잡스의 애플사의 슬로건은 'Think different' 이다. 광고 카피에도 쓰인 이 문구는 원래 없는 것을 새롭게 생각해 내는 것이 아니라, 기존에 있는 것을 새롭게 해석한다는 뜻일 것이다. 굳이 한 단어로 해석한다면, '역발상'이라고 표현하고 싶으며, 어떤 영역에서는 '표절'이 아닌 '창조적 모방'이라고도 하겠다.

지난주에는 여러 지인과 한남동 블루 스퀘어홀에서 공연 중인 브로드웨이 뮤지컬 '위키드(Wicked)'를 관람했다. 이 뮤지컬은 필자가 연수 다녀왔던 Iowa와 가까운 캔사스주를 무대로 한 '오즈의 마법사'를 달리 해석한 것이라고만 알고 있었으나, '위키드'는 필자의 상상을 뛰어넘어 기발하게 뒤집는다. 무대 의상이나 분장, 혹은 배우들의 노래 실력은 차치하고, 줄거리를 풀어나가는 그 구성에 '아, 이렇게 해서 창의성 있는 작품이 탄생하는구나'하고 감탄을 금치 못했고, 몇 년 전 보았던 영화 '방자전'이 연상되었다.

 '방자전'도 원작 '춘향전'을 발칙하게(?) 뒤집어서, 춘향과 이몽룡의 관점이 아닌, 방자와 향단의 시선에서 줄거리를 신선하게 풀어나간다. 이몽룡을 따라간 방자가 청풍각에서 퇴기의 딸 춘향에게 한눈에 반해버린다면? 춘향이도 방자의 터프한 남자다움에 반해 버린다면? 변학도의 캐릭터를 강박증 환자로 만들어 버리면 어떻게 될까? 실제 변학도 역을 기가 막히게 표현한 배우 송 아무개는 단박에 스타가 된다. 춘향전 원작을 창의력 있게 뒤집은 시나리오 작가는 누구인지 궁금했다.

 원작 '오즈의 마법사'에서 회오리바람 토네이도는 도로시와 그녀의 집을 오즈의 나라로 날려보내는데, 작가는 기발한 상상력을 동원하여 '위키드'에선 도로시의 집을 날려 엘파바의 동생 네사로즈를 덮치게 함으로써, 원작과 연결하기도 한다. 착한 마녀 글린다를 짝사랑하는 먼치킨족 보크와 초록 마녀 엘파바를 사랑하는 피에로는 각각 마법에 걸려 '오즈의 마법사'에서는 도로시가 집으로 돌아가게끔 도와주는 양철 인간과 허수아비로 탄생 된다.

이렇듯, 고정된 사고 습관에서 벗어나, 다르게 생각하는, 즉 사고의 유연함을 가지거나, 유지하려면 '죽은 시인의 사회'에 나오는 키팅 선생처럼 책상 위에 올라가 세상을 바라보기도 하고, 세계 지도를 뒤집어서 우리나라가 태평양 어디쯤에 있는지, 생각 속 지도를 다시 그려보는 것도 좋을 것이다. 창의력(성) 있는 작품은 그냥 태어나지 않는다. 이를 만드는 작가나 감독의 '역발상', 즉 'Think different'에 의해 비롯될 것이고, 이를 위한 그들의 부단한 노력의 산물일 것이다.

마지막으로 관객 동원에 대박을 터트리고 있는 뮤지컬 '위키드' 관람을 주위 사람들에게 추천하고 싶다. 창의력 있게 잘 만들어진 작품을 보는 것도 창의력 배양을 위한 또 하나의 '훈련'이라고 생각하기 때문이다.

'느림'의 미학

장면 #1

정원 테라스 벽에는 하루에 두 번 맞는 야외 벽시계가 십 년째 걸려 있다. 잔디에 물주고, 잡초 뽑는 집주인은 파란 하늘을 가로지르는 해를 쳐다보며 시간이 얼마나 흘렀는지 가늠한다. 시계를 고치지도 않고, 안보고도 지낼 수 있는 하루, 이곳 삼인옥에서 가능한 일이다.

장면 #2

뒤뜰 텃밭 모퉁이에는 가을만 되면 튼실한 밤송이를 가득 매다는 착한 밤나무가 있다. 이번 주말에는 손이 닿는 밤송이를 따고, 다음 주말에는 입 벌린 밤송이를 떠나, 세상 구경 나온 알밤들을 줍기만 하면 된다. 이번 주에 못 따면 또 다음 주말을 기약한다.

장면 #3

삼인옥 수문장(?)은 올해에 열 살이 되는 비글 '넥스'

이다. 함께 동네 한 바퀴 산책은 넥스와 우리 부부에게는 '느리게 걷기'의 연습인 셈이다. 길따라 출렁이는 은빛 억새로 가을맞이를 하고, 어느덧 단풍 물든 뒷산을 끼고, 바쁜 주중에 못해 보는 보폭과 여유로 주위를 즐긴다.

장면 #4

시골 외길에 앞서 가던 차가 양쪽 깜빡이 신호를 보내며 정차한다. 길가에 하늘하늘 피어있는 각색의 코스모스에 반한 듯 머리 하얀 노신사가 내려서 나를 향해 손 흔들고 나서 카메라 셔터를 연신 누르며 가을을 붙잡는다. 나도 슬그머니 내려 미소 지으며 동참한다.

장면 #5

가을 주말 저녁에는, 별빛 내리는 테라스 야외 식탁에 소찬을 차린다. 낮에 텃밭에서 캔 군고구마의 구수한 내음, 희미한 정원등에 몰려든 풀벌레의 날갯짓을 보며 라르고의 삶을 느낀다. 사랑하는 아내와 바리톤 김동규의 '시월의 어느 멋진 날에'를 들으며 깊어가는 가을밤의 정취를 즐긴다.

기쁨과 행복 전도사

지난달 우수협력병원장 리더십 특강 강연자로 초청된 K원장님은 필자와 90년대 초 영국 런던의 세인트 막스 병원에서 동문수학한 사이이다. 그 인연으로 2-3년 전 필자가 대장암 팀장을 맡으면서 G병원과 조인트 세미나를 하게 되고, 급기야는 우리 병원과 협력 병원관계를 맺게 되었다. 이런 인연을 계속 가져왔지만, K원장님의 강연은 처음 들어 보았기에, S외과, D병원, 그리고 G병원에 이르기까지 대장항문 전문병원의 성공한 CEO로서 어떤 말씀을 할까 기대하며 강당 앞자리를 차지하였다. 전문의 취득 후 수원의 중소병원에서부터 시작한 의업 이야기를 독실한 신앙생활이 몸에 밴 겸손함으로 편안하게 풀어나가는, 그리고 조금인 눌변인 K원장님에게 강연이 진행될수록 신뢰감이 들었다.

K원장님은 G병원의 특화 진료분야, 즉 치핵, 인공막 탈장, 그리고 스포츠 허니아라는 필자에게는 다소 생소

한 분야를 일등 상품으로 개발한 얘기를 하며, 하나님에 대한 기도 덕분이라고 그 공을 돌린다. 필자가 좋아하는, 잠언(16:9) "사람이 마음으로 자기의 길을 계획할지라도 그의 걸음을 인도하시는 이는 여호와시니라"란 구절과 통한다.

G병원의 슬로건은 "G병원에 오시면 안심입니다"라고 한다. 즉, 환자가 안심하고, 또한 환자의 신뢰를 얻기 위해 여러 가지 행한 노력 중의 한 예를 드는데, 방사선 피폭량을 최소화하기 위해 특수한 저선량의 너~무 비싼 컴퓨터 단층촬영 기계를 도입·설치했다고 자랑(?)한다. 일찌기 따뜻한 마음의 소유자인 걸 익히 알고 있기에, 환자를 배려하는 마음에 진정성을 느끼게 한다.

환자에 대한 서비스는 기본이고, 그보다 더 K원장님이 중점을 두는 것은 내부 고객, 즉 직원들의 만족에 있다고 한다. 직원 만족을 위해 늘 생각하고 노력한다는 대목에서 K원장님의 강연을 촬영하기 위해 함께 온 기쁨 병원 직원이 환하게 웃는 걸 훔쳐 보니, 그 말은 진실인 것 같다.

요즘은 리더 자신의 이익을 챙기고, 조직을 지배하는

'권력형 리더'보다는, 직원을 배려하고 존중해서, 즐겁고 창의적인 사내 분위기를 조성하는 '매력형 리더'의 시대라고 하는데, 그 예가 G병원에 있는 것 같다.

끝으로 K원장님의 훌륭한 강연을 들은 것도 즐거웠지만, 요즘같이 메마르고 척박한 사회에서 K원장님의 따뜻한 마음을 전파받아 내 마음까지 훈훈해짐을 느꼈다. 강연에 참석한 우리 병원 직원들의 행복한 얼굴들을 보니, K원장님의 병원 CEO 직함에 '기쁨과 행복 전도사'를 더하고 싶다.

의학회 리더를 위한 십계명

　　연세의료원이란 우산과 여러 선후배, 동료 교수들의 배려와 후원으로 필자의 능력에 과분하게도 소화기 생리 분야의 기초 및 임상분야 양대 학회인 한국평활근학회 및 대한소화기기능성질환.운동학회의 회장직을 4년간 역임하였다. 본인이 학회 회장직을 수행하면서 습득하게 된 리더로서의 마음가짐과 행동을 정리하여 이를 후배 교수들과 나누고자 한다.

　　리더십이란 4P라고 하는데, 즉 다른 사람들이나 조직(People)에 바람직한 영향을 끼쳐(Power=valuable influence) 끊임없는 상호작용(Process)을 통해 그들이 자신의 능력을 최대한 발휘함으로써 어떤 임무, 목적 또는 프로젝터를 달성하도록(Performance) 하는 행위라고 정의한다.

　　리더십의 대표적인 사례로 맥도날드 이야기를 들 수

있다. 맥도날드 형제는 큰 욕심이 없는 평범한 음식점 주인이었다. 이들 형제는 가게를 잘 운영하고, 햄버거를 저렴한 가격으로 파는 등의 매니저 역할은 잘했지만, 이 것을 거대한 조직체로 다듬어서 엮어 나가는 리더십은 없었던 것이다. 그때 등장한 사람이 바로 레이 크로크 (Ray Kroc)였다. 크로크씨는 1954년도에 우연히 맥도날 드 형제를 만난 뒤 매장을 전국에 수천 개 여는 꿈을 꾸 었다. 그는 시대의 흐름과 유행, 거기에 따라 변하는 소 비자들의 취향을 읽을 줄 알았고, 전통적인 식당과는 다 른 새로운 프레임, 즉 간편하고 누구나 쉽게 이용할 수 있는 식당, 즉 친절한 서비스와 저렴한 가격에 오래 줄 서서 기다릴 필요도 없고 예약할 필요도 없는 식당을 생 각했다. 즉, 리더는 꿈과 비전이 있어야 하고, 열심히 일하는 관리자가 아니라, 직원들이 열심히 일하게끔 여 러 시스템을 고민하고 만들 줄 알아야 한다. 필자는 김 병만의 '정글의 법칙'이란 리얼리티 프로그램을 좋아하 는데, 리더인 병만족장은 조원들을 배려하고, 앞장서서 정글을 헤쳐나가는 능력도 있지만, 어느 길을 헤쳐나가 야 할지 방향을 정하는 역할을 한다. 즉, 리더는 지도를 읽고 길을 헤쳐나가는 능력도 중요하겠지만, 어느 방향 으로 나아가야 할지 나침반 역할을 해야 한다는 것이다.

학회를 운영할 때도 마찬가지이다. 리더는 학회의 나아갈 방향을 제시하고, 학회 회원들과 소통과 공감을 하며, 회원들로 하여금 학회에 열정을 갖고, 재미를 느끼게 하는 여러 시스템을 개발하여야 할 것이다. 이를 위해 좀 많긴 하지만 다음의 열 가지로 학회 운영의 리더십 계명을 정리해보았다.

첫째, 리더는 끊임없는 자기 계발을 해야 한다. 필자가 학회 회장을 맡으면서 제일 먼저 한 것은 서점을 찾는 것이었다. '리더(leader)는 리더(reader)가 되어야 한다'는 말이 있듯이, 리더는 자신의 전공 분야 외에도 의료 정책이나 의료 경영을 포함한 다양한 분야에도 눈을 돌려서 관련 서적들을 탐독해야 하며, HT(health technology) 포럼 같은 의료정책 세미나 등에도 적극적으로 참여해야 할 것이다. 의료원주관의 'mini-MBA'과정을 두 차례 수료한 경험도 학회 운영에 많은 도움이 되었다.

둘째, 미션과 비전을 만든다. 포스코 정준양 회장은 리더는 Vision, Insight, 그리고 Philosophy를 갖춘, VIP가 되어야 한다고 하였다. 필자는 학회를 맡기 한 달전에 임원 내정자들과 만나서 학회의 미션과 비전을 만들 것을 주문하였다. 그리고 임원·위원 워크숍을 통하여 구호성이 아니라 회원들이 공감할 수 있는 미션과 비전을 만들었다. 그리고 이를 구체화하고, 중간 점검을 통해 계속 실천해 나가도록 하였다.

셋째, 단기적인 업적/성과보다는 시스템을 구축한다. 2009년 미국 허드슨 강에 여객기가 무사히 불시착한 '허드슨 강의 기적'이라 불린 사건이 있었는데, 기장 체슬리 슐렌버그는 맨 마지막으로 구조되며 한 인터뷰에서 '나는 프로토콜대로 했을 뿐입니다'라고 대답하였다. 또한 미국 메이저 리그 야구팀 '오클랜드 에슬레틱스', 만년 꼴찌팀의 반란이란 주제의 영화 '머니볼'에서 보듯, 빌리 빈 단장은 선수들의 기록을 데이터베이스화하여 선수 명성보다는 출루율이 높은 선수들을 우선적으로 발탁하는 시스템을 통하여, 새로이 팀을 구성한 후 4연속 포스트 시즌에 진출하는 쾌거를 이룬다. 이는 시스템이 중요하다는 예가 될 것이다. 학회도 학회 회칙을 포함한 각종 규정을 정비해야 하고, 학회 회원들이 전문으로 하는 여러 의료 행위들을 객관적인 기준과 근거를 기반으로 하여 규정하고, 주로 다루는 질환에 대한 진단 및 치료의 가이드라인을 제정해야 할 것이다.

넷째, 솔선수범한다. 솔선수범이란 당신이 앞으로 나서서 이끌면 다른 이들이 뒤를 따를 것이라는 의미가 담겨있다. 사례를 들어보면, 몇 년 전 파산위기에 빠진 미국 자동차 업체 최고경영자들이 구제금융을 요청하기 위해 자가용 비행기를 타고 워싱턴 국회에 갔다가 의원들로부터 혼쭐이 난 적이 있다. 반면, 국가부도 위기에 빠진 그리스의 대통령은 83세란 고령임에도 EU 정상회담에 비행기 이코노미석을 타고 참석, 그리스가 재정 감축을 위해 노력하고 있다는 의지를 보여줬다는 일화가 소개된 적이 있다. 　학회를 운영할 때도 회장의 직위를 이용한 이득을 취하면 안 될 것이고, 학술대회에도 적극적으로 참여하여, 젊은 교수들에게만 강의를 맡길 것이 아니라 회장도 직접 강의를 맡는 등 솔선수범해야 할 것이다.

　다섯째, 권한 위임과 신뢰를 한다. 기원전 15세기경 이집트를 떠나 가나안땅으로 향하는 이스라엘 백성 사이에 매일같이 이해관계가 충돌, 지도자 모세는 이를 조정하느라 시간을 허비하였다. 이에 모세의 장인이 "그렇게 하면 자네와 백성이 함께 지쳐버릴 것이네. 자네는 백성이 마땅히 갈 길과 할 일을 일러주고 재판하는 일은 능력 있는 사람을 선발하여 위임하게"라고 말한다. 일에 열정과 재미를 느끼게 하려면, 그 일을 할 때, 자신에게 선택권이 있다고 느낄 때라고 한다. 즉, 권한 위임을 하고 신뢰를 하는 것은 권한을 위임받은 자들로 하여금 열정을 갖게 한다는 것이다. 학회 회장이 모든 것을 다 챙길 수는 없다. 임원들에게 권한 위임을 한 후 신뢰를 해야 할 것이다.

여섯째, 배려와 양보를 한다. 이해란 영어단어는 'understand'이다. 상대방보다 낮게 선다는 뜻인데, 자신을 낮추면 모든 것을 이해할 수 있고 마음이 편해진다. 몇 년 전 지하 탄광 사고로 지하에 매몰된 지 70여일 만에 구조된 광부 리더였던 루이 우르수아는 구조가 될 때 자신은 마지막 구조자를 자처했고, 언론과 인터뷰할 때도 발언권을 독점하지 않고 동료를 참여시켰다. 학회의 리더로서의 권위는 그 권위를 버림으로써 얻게 된다고 말하고 싶다. 학회 일을 결정할 때는 임원·회원들의 의견을 수용하고 조정하는 역할을 해야 할 것이다.

일곱째, 소통을 위해 항상 노력한다. '길을 내면 흥하고, 성을 쌓으면 망한다'란 징기즈칸의 말처럼 소통은 중요하다고 판단하여, 필자가 학회를 맡으면서 개명한 위원회 이름 중의 하나가 '정보·소통 위원회'이다. 젊은 의사들과 정서적 소통의 시간을 자주 갖고자 노력했고, 전임 회장님들을 모시고 한 학기에 한 번씩 학회 상황을 브리핑하였다. 또한, 학회 뉴스레터를 제작, 분기별로 학회 관련 정보를 회원들에게 공지하였다.

여덟째, 리더 개인의 이익보다 조직의 이익을 우선한다. 어느 조직이든 그 조직의 리더가 되면 그 조직에서 명예나 이익을 얻거나 반대급부를 얻으려는 생각보다는 먼저 그 조직의 구성원들을 위해 무엇을 해줄 수 있을지를 생각해야 한다. 양대 학회의 회장직을 수행하면서, 이해관계가 충돌하는 일이 생겼을 때, 판단과 결정을 해야 할 때 개인의 이익보다는 학회의 이익을 기준으로 삼았다.

아홉째, 즐겁고 흥미로운 조직을 만든다. 직원들의 마음이 기쁘고 즐겁지 않으면 고객들이 제대로 된 서비스를 받지 못할 것이다. 고객만족 이전에 직원이 만족해야 한다는 데에서 비롯되는 'Fun 경영'이란 용어가 있다. CEO는 chief executive officer란 의미도 있지만 chief entertainment officer라고 불리기도 한다. 즉, 학회 리더는 어떻게 하면 회원들이 흥미롭고 즐거운 학회로 느낄 수 있을까 하고 늘 고민해야 할 것이다. 필자는 학회 행사에 인문학·교양 강좌를 신설하여 회원들에게 다양한 흥미를 제공하고자 노력하였으며, 꽃미남, 짐승남에 이어서 요즘은 '웃기는 남'이 대세라고 하듯이 학회에서 하는 강의도 재미있게 하도록 독려하였다.

열 번째, 구성원을 리더로 만든다. 진정한 리더는 팔로우들을 리더로 만드는 사람이라고 한다. 즉, 리더십의 핵심은 리더 자신이 얼마나 성장하느냐에 있는 것이 아니라 구성원들을 얼마나 성장시키느냐에 달려 있다. 필자는 학회에 '영 리더스 아카데미'를 만들어서 젊은 의학자들을 위한 교육 프로그램과 멘토-멘티 프로그램 등을 만들어서 젊은 의학자들을 리더로 만들기 위한 노력을 하였다. 또한, 보험-정책 위원회에 참여하는 회원들에게는 심사평가원 최고위자 과정에 등록을 지원하여 의료 정책에 대한 교육의 기회를 제공하게 하였다.

이상과 같은 열 가지 계명들은 앞으로 의학회 리더가 되고자 하는 후배들에게 마음속 거울이나 나침반이 되어 학회 운영에 조그마한 도움이 되었으면 한다.

기내에서 만난 응급상황

지난주 미국 학회 가는 길에 기내 승무원이 내 자리로 황급히 와서 다급한 목소리로 도와달라는 요청을 한다. 50대 초반의 여자가 쇼크 증상을 보인다고 한다.

외국여행을 많이 했지만, 이런 일은 처음이다. 얼른 환자에게 가서 혈압을 측정해보니, 혈압은 80/50mmHg, 맥박은 정상이었다. 보호자에게 물어보니, 환자는 평소 혈압은 110/70mmHg, 그리고 건강하였으나, 최근 3주 전부터 과로, 스트레스 있었다 하고, 이륙 후 기내식과 함께 와인 한잔 마신 후 식은땀, 오심, 구토, 어지러움증, 무력감이 생겼다 한다. 이럴 때 대개 '미주신경성 실신(vasovagal syncope)'을 의심하게 된다.

환자에게 '강남세브란스병원 내과 교수'라고 밝히고, 일단 심리적으로 안정을 취하도록 하였다. 하지 거상을 시킨 후, 승무원에게 비치 중인 약품 리스트를 달라고 했더니, 마침 항구토제인 보나링이 있어서, 환자에게는

"다행히 환자분에게 딱 맞는 약이 기내에 있어 드릴 테니, 복용하면 이내 좋아질 것"이라고 다시 한번 확신을 드렸다.

약물 복용 후 30분 후 구역, 구토 증상은 개선되었으며, 다시 혈압을 측정했더니, 90/60mmHg. 다시 차차 좋아질 거니까 걱정하지 말라고 안심을 시킨 후 내 자리로 돌아왔다. 이런 경우는 환자에게 정서적 지지요법과 확신이 중요하다. 한 시간 후 다시 혈압을 재어보니, 110/70 mmHg, 정상으로 돌아왔다. 다행이다. 나도 이젠 좀 쉬어야겠다.

1주일 후 대한항공 사장 명의의 감사 편지를 받았다. 의사는 가끔 쓸 데가 있다고 생각이 든다.